资优

Suzumi Suzuki
ギフテッド

[日] **铃木凉美** 著

连子心 译

中国友谊出版公司

绕到娱乐街和韩国城之间道路对面的大楼背后，打开停车场尽头沉重的大门，爬上门口的内部楼梯来到三楼。楼梯顶端又有一扇通向走廊的沉重的门，当我用力地把它打开到一定宽度时，总是能听到吱吱的金属声。在它缓缓地关闭之前，我把钥匙插入家门的锁，左转，开锁声响起。夜复一夜，我总是听着这两种声音回家。吱吱作响的门和老式锁孔里钥匙旋转的声音之间那个既不长也不短的间隔让人感到安心。一旦把重物暂时放在地上或者钥匙不慎掉落，节奏就会被打乱。

* * *

也许是因为在夏天失去了太多，我欣然地接受了母亲深秋之前想搬来我家的请求。母亲胃里的病灶终于到了难以维持生命的地步,她似乎在寻找一个死亡之地。

"我只想再写一本诗集。"她在电话里说,"在病床上我写不了,你知道的。"

尽管我从"你知道的"一语中嗅到了特权意识,但我不再生气或沮丧。一想到母亲带着"位于娱乐街外围的家比平庸的医院病房更优越"的感觉死去,我甚至感到悲哀。母亲最终没有取得她所希望的崇高的成功。她出版了几本薄薄的诗集,以美丽的面容出现在一些杂志采访中,并曾在当地的晨间节目中用日语朗诵过一位英国诗人的诗——仅此而已。

那通电话结束的两天后,母亲直接从医院搬到了我家。我一半感到,如果她早点告诉我,我就可以在处理完自己的事情之后为她准备必要的物品;另一半感到,她大概确信不会被我拒绝借住而备感安慰。母亲乘坐出租车抵达我家时穿着臃肿的休闲裤和长袖T

恤，外面勉强披着一件外套。对于每天只能穿睡衣度日的她来说，那件入院时穿的深蓝色夹克是唯一可以联想到从前生活的物品。她去医院只带了两个包，当我问她是否需要从原来的住所取其他东西时，她说没必要。其中一个包里塞着两套睡衣、牙刷和梳子，而另一个是我记忆中的母亲的包，即使不检查内部也知道。

直到近八年前——一架载有恐怖分子的飞机撞上纽约摩天大楼之前，我和母亲仍然生活在一起，除了十多岁里的两三年，我和她不是完全没有联系。在我得知她的病情比想象中更严重之后，我频繁地联系她，在医院内外与她见面。尽管如此，我仍旧觉得很久没有见到她了，可能是因为每次见面她都会变得更瘦，头发也更稀疏。她年轻时有一头闪亮乌黑的秀发，长到足以掩盖胸部。她说头发太多，不适合扎或烫，她总是披散着，即使在夏天也是如此。她那柔顺的直发与我发黄的软毛形成了鲜明的对比。当她额发的大波浪被打乱后,她去了我常光顾的附近的美发店以外的店,回来后头发变得更加闪亮了。

去年春天,母亲说她打算活下去,现在的她似乎没有这样的气魄了。最后,她连工具包都没有打开,也没有拿起一支笔,只在我家睡了九天,之后就因为呼吸困难返回了医院。即使我们不能在一起生活半年,至少在这几个月,我希望每天给她做一些她能吃的东西,她慢慢地泡澡,我回应她感兴趣的话题,哪怕我几乎不听。至少我不该放下在医院里临睡觉前吃药的她一走了之。我们唯一一次同睡是在她搬来的第一天晚上。她似乎认为,这是因为中间只有两天的时间,来不及准备,所以没办法,但实际上我只因工作离开了几个小时。

晚上当她觉察我要离开时,我能感觉到她试图挽留我——她故意踌躇着不肯吃药,或者摊开报纸生硬地问我一些问题。她不是说"你别走,待在这里,陪着我",而是给我看报纸上的节目表,问我今天有什么节目可以分散睡前的注意力，并把电视遥控器推给我。她的手臂与健康时的柔软纤细相比，多了几倍汗毛，皮肤松弛，比我三根手指——食指、中指和无名指——并列在一起还要细。当我把药妆店里便宜的保湿霜涂在她干燥得快扬起粉尘的皮肤上时，她的脸上有了血色。她说："我们一起来找找有什么好看的节目。"她从来没有看电视的习惯，但她拼命和我闲聊的样子让我更加迫不及待地想要离开。

我尽量不换衣服，直到出门前的最后一刻。当我要出去时，会避免穿得像要去热闹的地方一样。我平常会花一个小时来化妆，但那时只给皮肤拍了粉就停下来，走出家门后再完成剩余的步骤。为了缩短被挽留的时间，我换上了简单的装束，这似乎很符合母亲的审美。有一次她对我说："你今天很可爱。"我当时只穿了牛仔裤，外面套着一件米色开衫。那是母亲第一次夸奖我的衣服和外表。但最后，我总是尽快让她吃下药，灵巧地绕过她想和我待在一起的问题，每晚都出门。当我离开快睡着的母亲时，我对外面响起的关锁声很反感。

假如母亲具有某种诸如浮夸或傲慢的单纯，她可能会活得更轻松些。她个子不高，但腰线很高，鼻梁笔直，眼睛很大。在夏天强烈的阳光照射下，她白皙的皮肤会泛红，所以她从来不去海边或泳池。她知道自己很美，从美貌中受益，同时鄙视世人对美人的溢美之词。这些品质也体现在她的创作中，因为一些赞美她诗歌的人似乎没有以她希望的方式与她对话。因此，她复杂的自尊心被认为是表面上的难相处也是没办法的事。即使有人在短时间内与她交好，过一段时间后，她便也不再与他们见面或提起他们的名字了。说起"母亲的朋友"，我脑海中浮现出的名字都是些许多年没从母亲口中听说过的人。旁人看她这样的生活不会感到特别孤独和凄惨，或许就是她美丽姿容的最大功用。因此，我尽量不直视她现在瘦骨嶙峋、体毛浓密的身体和稀疏的头发。

第九天中午，我给母亲做了温热的打卤面、九条葱和明太鱼。我整宿在外，直到早上，因此困极了。母亲从不回答我关于她能吃什么的问题，我无奈只好擅自做了夏初时买的挂面。我的生活里会准备挂面和锅，但是九条葱和明太鱼是在母亲搬来后买的。红色的小碗放在被褥旁的矮桌上，母亲吃了一口，说很好吃。她吃了三四口就放下了筷子。本来碗里盛的面条就不多，从她剩下的量来看似乎没有减少。

"这么好吃的东西我也吃不了了。"

母亲坐在被褥上，隔着我从超市买来的廉价饭桌表示歉意，与"最后的日子"几个字相去甚远。她穿着陈旧柔软的长袖睡衣，可能是医院商店里贩卖的商品，里面连内衣也没有。就算因为生病而不能买衣服，她也不可能选择黄色碎花睡衣的，或许是来探望她的熟人为她准备的，可是至少我在她的病房里没见过什么人来。我想起她的诗中多次出现的死亡和哀悼的意象，胃里变得沉重起来。

"好的,没关系。别勉强。"

我的话听起来有种不必要的冷漠,尽管我并不想。光线透过发黄的蕾丝窗帘照了进来,像夏天一样,铺着地毯的地板发出声响,似乎马上就要燃烧起来。我在微脏的坐垫上坐立不安,于是置自己的盖饭于不顾,站起来迅速收走了她的餐具,转身走向同一房内的水槽。仅有的两个房间中一个挤满了床、衣服和包,我没让她进入那个房间。我想在这间更为宽敞的房间里终结与母亲共同的生活。这个房间有水槽,有通往浴室的门,有卫生间门,光秃秃地对着家门。我知道母亲现在没有体力去批评我对名牌包和衣服的审美,却仍然不想让她看到。

"对不起。"母亲说。我想大概是因为我的言行看起来是愤怒、冷漠、茫然的。她不该为了不能吃东西而向我道歉,可我又希望得到她的道歉。不管是为了什么,我都希望她向我道歉。我不想让她看到我的脸,所以我把她吃剩的面条倒进水槽,洗了碗。就在这时，我看到她蹒跚地走了过来。我感觉到了她的存在，然而水槽前磨砂玻璃上的影子让我觉得不真实。她勉强可以自己上厕所，但刷牙和洗脸都是由我端来洗脸盆和水，她坐在被褥上完成的。

母亲来到我的身后，再次说了声"对不起"，她揉了揉我手臂后面的文身。我没有转身，继续用海绵擦洗根本不脏的碗。在母亲搬来之前我很少使用海绵，它几乎还是新的，可只过了一个星期，它就已经发黄到一定程度，一侧起毛了。我所在的街道夜晚嘈杂，可白天几乎听不到人的声音。宽阔的马路对面的韩国城白天倒是热闹，但马路的这一边，即使在夏天也只有在太阳完全下山后才会热闹起来。我唯一听到的声音是一辆发动机轰隆作响的汽车正在接近，不一会儿就像故意似的驶离了。我的文身在母亲的抚摸下隐隐作痛。

身穿碎花睡衣的母亲靠近我，在我身后说："我觉得还可以教你更多的东西。"如果我移动手或手臂，仿佛就会把异常瘦弱的母亲推开,于是我就地放下黄色的海绵,左手握着装满泡沫的碗一动不动。水从微微扭曲的水龙头中缓缓流出,击打在陈旧的银色水槽上,发出令人厌恶的声响。

"我已经没有时间了,真的。可我觉得还有很多东西得告诉你。"

我用鼻子发出了类似回应的声音,静静地站了几秒,然后慢慢地移动手,把碗拿到水龙头下冲洗。我从母亲的身体里出来已经超过二十五年了,其中有十七年我们是在同一个房子里度过的,可她的话似乎在说没有足够的时间来告诉我,尤其是当这些话从黄色碎花睡衣里发出来时就更令人厌恶了。不过确实,在我的身体完全由我掌控之前,母亲从不觉得有必要用语言向我解释什么。母亲从未结过婚。在我从她的身体里来到外面之后,至少在我能够自己抓取食物之前,我完全属于她一个人。

当我感觉到母亲大概站累了,并缓慢向被褥走去时，我终于转过身来看着她。透过薄污的蕾丝窗帘照进来的炎热阳光仍然洒落在房间中央的被褥——那是我为了方便她站起来上厕所或吃饭而铺的——上，它安静地等待着身穿朴素睡衣、步履蹒跚的母亲。对她来说，我始终是个异类。虽然厨房也在同一个房子里，但面向公共走廊的地方有一面磨砂玻璃，白天如果不开灯，光线就会很暗。我在昏暗中看向她的背影。那背影是如此地瘦小，以至于透过睡衣都能看见她的骨头。

我的手臂上还残留着母亲手上的温度，文身之下的皮肤有烧伤的疤痕，已经变成了斑驳的红白色。现在有气无力地在我房间里踱步的女人，那个失去了一大半曾经亮丽的头发的女人，是她烧毁了我的皮肤。

* * *

那天傍晚，我叫了一辆出租车把因无法呼吸而陷入惊慌的母亲送到医院。从那之后的两周,我几乎每天都在特定的时间去医院。预先登记好的家庭成员即使在深夜或清晨也可以进出,所以我每天晚上陪着母亲,直到她睡着。但我不想从医院直接回家,所以在医院度过了上午和中午,下午随便找个时间离开医院,在街上待一会,晚上有了干劲就去酒吧上班。在钥匙声还未消失殆尽的时候,我把身体塞进门里,回到只有自己的家里,看见早上出门前匆忙吃剩的面包边直接放在矮桌上。我记不清了,但一定是我把它放在那里的,因为没有其他可能。两周后,再也没有证据可以证明除我以外的人曾在房间里睡过觉,因为没有他人遗忘的物品或掉落的头发。起初的三天,我想象着接受治疗后的母亲回来,我把被褥铺在桌子旁。可到了第三天,我确信她永远不会再回来了。我把床单扔进洗衣机,把被褥放进收纳箱,并把桌子恢复了原样。我为母亲铺的是一套简单的被褥,那是我搬进这里安顿下来后买的,想着可能会有朋友来借宿。朋友只用过两三次，它已经在箱子里闲置了近两年的时间。

我把面包边扔进厨房尽头的带盖垃圾桶，脱下牛仔夹克挂在衣架上，然后去浴室洗手。我又忘了买洗手液，尽管前几天我已经多次注意到画有标准家庭插图的容器已经空了，但我不想为了买这个大老远地跑到二十四小时营业的药妆店。反正明天上午要去医院，而且按下泵的肥皂液还能勉强用一两次。好不容易回到比医院或街道更有现实感的房间里，我不想再出去了。我浸湿双手后按下泵，一泵扎实的、出乎意料地没有空气的肥皂液流了出来，于是我仔细地洗了手，用早上洗澡时用过的浴巾擦了擦，然后在母亲被褥旁的矮桌前坐下。我有一瞬间想到吃安眠药，但考虑到喝的烧酒灼烧着胃，不知是因为来了月经还是睡眠不足，我现在就能睡着，于是作罢。

桌子上有一个我上周放在那里的纸盒，里面放着在弹珠店得到的奖品。之前用空罐代替的烟灰缸也换成了新的，所以桌上的风景和夏天时相比有了一些变化。母亲在房间里的时候，我尽量去楼外吸烟，或者至少在换气扇下。我想着趁此机会戒烟，于是在第一天就扔掉了烟灰缸，可过了三个小时，我心里想的全是吸烟。母亲似乎在病发之前就已经戒烟了，但仔细想想，我不记得她是什么时候戒的。我把烟灰缸拿到身前，打开电视听着声音，穿上袜子。老楼的房间里空气冰冷。两周前还如同夏日一般的阳光，现在太阳落山后甚至不能使房间的地板保持温度。电视机里传来一个熟悉的艺人的声音，他那夸张的、发人深省的铺垫令人愉快，所以我开着电视，斜靠在地毯上堆积的晾好了还没叠的衣物上。我想打开加热器，它的电源线已经拉满了，可即便如此也够不到桌子，我必须站起来向厨房的方向走几步才能触到。我脱掉了外套，只穿着单薄的衣服，无奈只能从衣服堆下面抽出一些暖和的东西裹住身体。由于在酒吧里抽了太多的烟，我的喉咙很痛，但我不在乎。我躺在那里，从臀部口袋里掏出一支烟放进嘴里，可是打火机却不知道放在了哪里。我在随身带了一整天的皮包里翻找，却找不到。

我试着按顺序回忆今天出门后吃了什么，可除了在马路对面的咖啡店买的咖啡，我什么也记不起来了。我一开始喝酒，喝醉前和喝醉后的事我都不记得了。在我清醒之后，我也不记得喝醉时发生了什么。这不是最近的事，自从我十七岁离开家，喝酒成为我的工作之后就变成这样了。我每天有一半时间在模糊的记忆中度过，另一半时间在几乎消失的记忆中度过。有时候，那些不真实的、我不确定是妄想还是幻觉的记忆会苏醒。然而，那些我希望是妄想的事情却总是真实的，因此我总是处于微小的绝望中。不过，我想这件事是真实的：一位比我年长十岁、去年辞去酒吧陪酒工作的熟人凌晨一点在娱乐街边缘的一家音响效果很差的卡拉OK点了一份中餐馆的外卖，而且她点的是炒苦瓜——那是从酒吧和情人旅馆等地方可以点到的单点即可配送的饭店里唯一的美味。

也许我应该就这样睡着。我已经好几天没有打开蕾丝窗帘和房间里本来就有的朴素的双层遮光窗帘了。我把手机连接到桌上的充电器，没有力气移动到更冷的隔壁床上去。我昨天也睡在同一堆晾好没叠的衣物上。桌上放着一本美国人写的莫名其妙的推理小说文库本，里面随意夹着一张书签，那是我很久之前看的译者后记。我把它拿到地上，打开夹着书签的地方，"酒精依赖谵妄症"一词映入眼帘，这让我觉得更困了。手机屏幕亮了一下，不足一秒的振动让廉价的桌子发出了奇怪的声音。我把手机举到躺着也能看到的角度，只见上面有一则通知，显示收到了朋友的信息。我有一种不好的预感，于是转过头来，被一种胃液逆流似的不舒服的感觉击中了。

我拉着手机的充电线让它落下，打开通知中的信息。"葬礼"一词冷不丁地跳了出来。但这并不意味着要为我垂死的母亲举行哀悼仪式，而是指那场在炎热夏天里举行的孤寂葬礼。

在这个夏天，我失去了两位朋友。其中一个人已经在五年前结了婚、生了孩子，可她却和一个男人跑了，失去了联系。她是我中学时的同班同学，她坚持不懈地与当时只顾着和娱乐街的人厮混的我保持联系。我想，如果娱乐街或这个家里有类似于出口的东西，那可能就是我和她之间微薄的联系。准确地说，我是在她消失后才这么想的。我们虽然频繁通过发信息取得联系，但实际上并不经常见面。如果她约我三次，我们大概会共进一次正式午餐。当她发信息说有了喜欢的人时，她很欢快，似乎在享受家庭主妇爱好的那种轻松的约会——我原以为是这样的。当她越来越烦恼，并开始去找惠比寿的占卜师时，我也以为是这样的。我不知道她的爱情、她的占卜和她与男人的私奔有多么普遍或者多么罕见。然而，当有一天她不再回复信息，过了一段时间我甚至无法给她发送信息的时候，我接到了她丈夫——我只见过他一次——的电话，这才得知常常莫名其妙晚归的她终于在某一天没再回家。他们的孩子似乎与他一起生活。他问我她去了哪里，可我也不知道。

另一个人则从大阪的出租公寓里一跃而下，离开了这个世界。我在葬礼上确认了她的尸体，因此至少我知道她去了哪里。她动辄就说"想死"，因此在她的朋友中形成了一种习惯——把这个词当作单纯的心情不好，或者度过了难过的一天，或者是想见面的同义词。大约三年前，一位顾客带她来我工作的酒吧喝酒，从那时起她似乎就厌倦了活着。

"她叫绘里，和你的名字只有一字之差。"把她介绍给我的顾客继续笑着说，"我知道你们俩用的都不是真名。"然而她和我都是用真名工作的。这位顾客有个奇怪的爱好，就是召集所有他喜欢的女人一起聚餐。可想而知，她们都以金钱交易的形式与该顾客发生了性关系。人多的时候有五六个，其中会有人通过对他抛媚眼来试图证明自己与其他人并非处于相同的立场。至于她究竟想向谁证明，是个谜，也许是想向自己证明吧。然而,不幸的是我们全都处在同样的立场上,没有一毫米的距离。世界上有价值高的人,也有价值低的人,而我们这些聚集在那里的人完全一样,也许比世界上的其他人更低。死去的绘里对此似乎没有不满,同我和另一个女人——我们三个人在这一点上意气相投。当我和那位顾客不再联系之后,与绘里还保持着一定的联系。

给我发信息的是三人中的另一个女人,她在一个浴池街通过提供性服务牟取暴利。她工作的地方是一家高级店,不仅要求面部端丽,皮肤白皙、没有疤痕或文身,深色的头发,还要至少 D 罩杯才能在那里工作。

> 我忘了在葬礼上提到的店是哪一家,我发给你两家。上面是绘里之前工作的那家,店铺很大,不过也有差评。他们似乎分三个等级。下面那家的客人和女人的质量都更好,可老实说电话会响多久是个谜。

葬礼是在死者的家乡举行的，那里虽然隶属东京都，但交通异常不方便。我坐了很久的电车之后，又换乘了公交车。车站前没有出租车，这可能是我自小学远足以来第一次坐公交车。不过，唯一庆幸的是我可以用同一张交通卡刷卡上车，除此以外的一切都令人不快。正是由于这种不快，我在回程的公交车上假装对浴池女声称对SM（性虐恋）风俗店感兴趣。我几乎已经忘记了这件事，事到如今恐怕她也忘记了吧。简洁的信息的结尾附着两个网站链接，这是高端浴池知性女的典型作风。

我待会仔细看看。绘里会是什么等级呢。

我仰躺着，单手操作手机回复了信息，手机仍然连接着充电器。首先我应该打出"谢谢"，可就在我几乎按下发送键的同时，屏幕上显示信息已经送达。这是我不感谢她的证据。

因为连着的充电线不够长，我举着手机的两只手臂外侧酸痛不已。我工作的酒吧给每个人支付的工资完全不同，除了最初的几个月，时薪基本上是根据销售额和出勤频率来计算的，因此我实在不明白，靠身体赚钱的场所是如何评定等级的。我一边想绘里在职场的"价格"，一边摸着两只酸痛的手臂外侧。我的手臂上有两朵大百合花和一条蛇的文身，覆盖了全部的烧伤疤痕，一直延续到背上。有人问我为什么是百合花，然而除了牡丹花会让我看起来像个黑帮分子，并没有其他特别的原因。在我小的时候，母亲买过打折出售的切花，还给几个盆栽浇水，但我不记得里面有百合花。

我起身，把手机放在桌子上，走到厨房，用放在水槽后面磨砂窗窗框上的打火机点了一支烟。我刚才找打火机的时候嘴里叼着烟，因此靠近嘴唇的部分有些湿润。即使是自己的唾液，当它离开我的身体后，我仍会感到不适和肮脏。我百无聊赖地打开冰箱，看着里面满满当当的杂牌酒罐,这时桌上的手机响了,于是我什么也没拿就返回了那边。

　　虽然我不太懂这家店的长相标准,但感觉它等级很低。不仅有带疤痕的,有瘦得可怜的,还有戴着假牙的、皮肤黝黑的。不过,关于SM,我听说有人会因为价钱之外的理由点名低等级的女人。

　　你这么一说,确实有戴假牙的人。我倒是听说有很多SM的顾客是医生和律师。那个客人也是有钱人来着。

就在我们这样发着信息时,我突然好奇假牙被烧掉会怎么样,不光假牙,人原本的牙齿火化之后会变成什么样,我也不知道。

＊　＊　＊

三个人开始频繁见面后不久，有一次我们在一个熟人开的酒吧里喝到凌晨四点半。绘里并不是个不能喝的人，而那天她似乎身体不适或者单纯喝多了，最后在厕所里大吐特吐。厕所在吧台座位后面的小吧台里，由于其间被人包场，我清楚地听到了她的呕吐声和呕吐物撞击马桶随即落入水中的声音。本来没有人特别担心她，但就在她似乎已经停止呕吐的时候，里面传出来一个声音，说什么"对不起，拜托了"。我大声问她："你怎么了？"这时门开了，她一边说"掉进去了"，一边咧着嘴。她的嘴里显而易见地缺少了该有的东西，只能窥见一片黑暗——上门牙整齐地缺失了四颗，甚至更多。在娱乐街，有很多人没有该有的东西，但眼前的光景确实出乎意料，包括坐在吧台前的熟人在内，所有人都笑个不停，打破了黎明原有的气氛。最后，我记得是开酒吧的熟人用一次性筷子把那些牙齿捡起来，它们才得以保全。

当时绘里在东京都内一家提供 SM 上门服务的风俗店里工作，每周工作四天，性格还比较开朗。她独自带着一只小狗住在离我家不远的一条街上，那里离同性恋城很近。我曾经和那位浴池女的朋友一起去她家玩过。她家不大，净堆着些没用的东西，略微散发着狗臭味。我是下班后最晚抵达的人，在同性恋街上的便利店里尽可能多地买了冰结啤酒、淡丽啤酒和水，先到的浴池女买了些干货和廉价烧酒，但最后在天亮前我们又出去买了两次。第二次购物时，在进入便利店前，她在同性恋街的马路上抽了一支烟，当时的天空已经泛白。

对了，我记得绘里不抽烟。这就是为什么我只在她家喝过一次酒，而去了好几次浴池女和男人同居的家。因为在那间位于娱乐街东侧的宽敞公寓里可以吸烟。如今她独自住在那里。

绘里家的狗怎么样了？

　　吸了两根烟后，我仍旧不知道该什么时候停止对话，于是问了她实际上不太感兴趣的小狗。

　　她去了地方工作之后就没再养了。是不是送给朋友了？

　　她有可以送狗的朋友吗？也许那只狗死了。说不定是因为狗死了，她才去干了有保险的外派工作。

　　我想起来了，应该是那个男招待在养。

　　绘里比我大一岁，自从十几岁离开东京都内那个可怕的交通不方便的家乡后，就一直在这一带生活和工作。在大约一年前，她不再去都内的店里上班，而是做着有诸如十天或两周等固定时间、有保险的外派工作。起初,她每次回来都会联系我们,后来就不太联系了。她偶尔会发来短信说"想死"或者"我要去死",然而我们都太习惯她的这种说话方式了。在最后的两个多月里,她因工作去过一次大阪,然后就直接留在那个提供上门性服务的风俗店了——她在那里备受欢迎,有规律地出勤,因此还租了一间周租房。她还没有退租这边的房子,所以她的工资是足以支付两个房间的租金的。

我认识绘里称之为"顾问"的那个男招待。他们大概没有肉体关系,而且绘里说她并不是把他当作一个男人去喜欢的。他经常去见她,但据我所知,他只付一定的酒钱、服务费和点名费,然后发牢骚给她听,这是一种符合常识的做法。对于这条街上每个人都至少经历过一次这种把戏的女人来说,他的行为相当克制了。

她没在那个男招待身上花钱吧？她为什么要去做外派工作？明明在这边的时候更有活力。

她花钱的另有其人。她的对象不是同一个，有时迷恋一个，不久后就会移情另一个。不过，我不知道她为什么要去做外派工作。可能是因为她在这里不再有客人光顾，也可能是因为这里有人让她待不下去。不过，最近我听说做这种工作的女人越来越多，或许只是被猎头劝过去的。

假如她在这边，那天收到她的短信说要去死，我们就会阻止她吧。

就是说啊，我也不知道了。不过，我以前也收到过她类似的信息，至少给她打过电话，问她是否想出去喝一杯。我从来没把那句话当真过，因为她也不像是认真的。说想死的人，无论是客人还是女人，都多得数不清。即使其中很小比例，甚至更少的人——像中彩票一样的概率——真的会去死，我们也无法分辨。我甚至不知道她在打出那句话的时候是不是认真的。

浴池女在我反复提起这个话题，说着丧气话的同时，不停地给我发送着她精心设计的长长的信息。可这是我们第一次就绘里去世那天发来的信息进行交流。我不认为我还能做什么，我知道绘里不想活了，帮她找到活下去的意义也超出了我的能力范畴。

在半遮的窗帘后面，黑色的天空中似乎有一处闪烁着红光，不过那可能是一辆警车、一辆救护车，或者最多是一架直升机的灯，没有什么不寻常的。

*　*　*

第二天、第三天、新一周的第二天，我听着开门的吱吱声和钥匙转动时的咔嚓声回到家。那些声音的间隔至少在我听来是正确的节奏。因此，在打开三楼的门后，我想着得去买洗手液和没买成的香烟，于是又折返回去。在药妆店和烟草店的时候我非常不安。医生告诉我，从今天起，除非万不得已，母亲的每个清醒时刻我都应该在医院里陪着她，因此我决定从酒吧辞职。

本来辞职应该至少提前一个月通知店方。然而，即便我已经不再经常与客户联系，而且经常无故缺勤和迟到，店长还是对我说："你意外地讲义气嘛。"在一个多数员工会不辞而别的行业里，这是有帮助的。我在营业之前对店长说要辞职，并讲明了母亲正在住院的情况，这使得我无须等到发薪日便收到了未结清的工资。如果我来上班，一万日元以下他们会当天支付。当我在同一张票据上写下名字时，我确信经理不相信我说的母亲的事。这种情况作为旷工或迟到的借口被过度使用，在增添了可靠的细节后，谎言反而更显真实。例如，去年春天父亲被检查出了肠癌，做了手术暂时康复，之后癌症复发，他又继续接受抗癌治疗，这回是母亲因看护而累倒之类。而现实是母亲病危。我只能这么说，听起来显得真实的信息一概没有。我回想起自己刚才说的话，特别空洞。然而，无论对方是否相信，他能支付我已经不抱希望的工资，我就已经很感激了。我在这里工作了很久，拥有不少客户，因此时薪很高，无论因为旷工和迟到扣多少钱，一个月下来仍然能得到不菲的收入。

碰巧知道有熟客要来，于是我直到早上才下班。下班后，我整理了储物柜。为了把在店里用的小包、衣服和鞋子带回家，我拿了店里的纸袋。我把从二十四小时营业的药妆店里买来的洗手液、丝袜、营养饮料和粘假睫毛用的胶水放进纸袋，把香烟放进手提包，然后再次爬上三楼。纸袋来自一家这附近没有的高档花店，手提包是某个马主企业家在很久以前我陪他时送给我的芬迪。出于某种原因，他说会给我买我喜欢的限量款芬迪，但不久后就说得了胃溃疡，不再来喝酒了。我想他可能是在附近的别家酒吧或其他娱乐街更高级的酒吧找到了合意的女招待，但我没有表现出一丝怀疑。

我充满期待地把身体靠在门上，它发出了预料之中的声响，于是我迅速将手中的钥匙插入锁孔中转动，在听到预期的声响之后，我的身体滑进了门内。因装了太多东西而变形的纸袋差点被门夹住，但我动作麻利地利用离心力避开了。我把钥匙放进芬迪包里，把芬迪包放进纸袋，再把纸袋顺滑地扔进房间里。我把脚从系带鞋里释放出来，手里拿着洗手液和假睫毛胶水走向洗面台。我把完全空了的绘有家庭插图的洗手液扔进脚边的塑料袋，把印有小浣熊的新瓶子上的贴纸撕下来，拧开水龙头，按了几次泵。在按第四次时有了明显的触感，第五次时掌心出现了大量泡沫。因为早上没有洗澡，所以我找不到用过的浴巾，于是我甩了甩手，然后把还带着包装的假睫毛胶水扔在洗面台下面的架子上。如果不去店里上班，下次贴假睫毛会是什么时候呢？我之前购买的胶水大概还能用五次。

我想给浴缸蓄满热水，然后泡在里面，但自从母亲离开后一次都没用过的浴缸里有了明显的污渍，无法轻易地刷洗掉。最终我用花洒哗哗放水，直到温度较高的热水流出，用淋浴清洗了头发和身体，放弃了在浴缸里泡澡。上周刚进入新的一个月，天气就骤然变冷了。我背对着淋浴接受着热水的冲刷，在打湿脸之前先涂卸妆油卸妆，抬起涂了油的脸转身朝向淋浴。水落下的瞬间，脸上的黏液似乎马上就要消失了，我急忙把脸上的黏液抹向肩膀和两只手臂，让黏液为我剥去为隐藏文身而贴的难以去除的胶带。我不想让胶水留在皮肤上，这是我几年前尝试出的方法，一直用到今天。我撕下手腕、小腿和脚踝上的胶带，将边缘粘着灰尘和毛发的脏胶带卷起来，放在同样脏的浴缸的边上。上次丢在那里的胶带被水溅到，又有了一丝生机。其余部位的文身可以被连衣裙遮住，因此没有粘胶带。

店里有几个有文身的招待。那个面积最大、背上全是日式花纹的女人没有披肩就不能站在店里，而我和其他人则是灵巧地用胶带遮住。如果有人忘记粘胶带，我会把囤在柜子里的大量的胶带借给她。每天上完班我都会感叹胶带的使用速度，今天就把柜子里一卷新的胶带借给了那个多次向我借胶带的年轻招待。

"我喜欢你两只手臂后面的文身。"

她指着我手臂上为了遮盖烧伤疤痕而文上的自己不太喜欢的图案说道。她的头发很短，或许是为了节省打理发型的费用，随意地把头发向外拨弄几下就来上班。她一边说，一边把胶带扔进了自己的柜子里。她的手腕内侧至肘关节处文着一条细长的彼岸花，她把胶带缠绕在手臂上,所以使用的胶带量远超文身的面积。

"我其实喜欢你这种纤细的花纹。只不过我的文身是为了掩盖烧伤的疤痕。"

当我称赞她的彼岸花时,她显得不以为然。大概是因为她没有亲自雕刻,甚至没有亲自设计,但我确实觉得它很美,有一瞬间我甚至想在自己的脊柱周围文一个类似的。被母亲烧毁的仅是两条手臂和肩膀。我以为疤痕会随着时间的推移而消失,没想到颜色逐渐沉淀,中心发白,看起来很怪异,于是我决定一过十八岁就用文身来覆盖。当时我已不再和母亲一起生活,但从后来见到的她的反应来看,我的文身似乎没有让她反感。

我的其他文身,诸如腰部上方的莲花和小腿上的罗盘,单纯地因为我喜欢图案本身,于是下决心文的。从店里辞职后,或许我真的可以再文一朵彼岸花。不管怎么说,只要文了一个文身,以后无论再文多少个，身体的价值都不会变了。

我用手抚摩着撕掉胶带的地方，以确保没有留下胶。关掉淋浴，我身体内部突然一冷。我打开浴室门，从洗衣机上方的架子上抽出一条洗过的浴巾，迅速擦干身体。如果不在手臂还带着水汽的时候擦油，那么手臂的背面就会发痒和痉挛。我现在已经无法区分这是烧伤还是文身的缘故了。我在两只手臂上认真地涂上婴儿油，涂抹至全身，用于保湿。这一系列流畅的动作我不记得从什么时候开始，它们像自动机一样在每次洗澡时都会重复，因此无论我多么沉迷于思考其他事，哪怕房间里一片漆黑，即使失去记忆变成一个废人，我依然能完美地完成。然而，尽管身体在洗完热水澡后迅速冷却，脸上的热气却没有消失，我这才意识到自己比想象中醉得更厉害。我喝的量比在店里待到最后才下班的时候少得多，更不用说下班后再去喝，或者去和女人们一起唱卡拉OK了。我唯一一次喝醉是在工作的店里喝了气泡酒和红酒，然后又喝了小杯装的白酒和廉价烧酒，直到早上都没有休息。我想我是被许久未去的牛郎店的气味击中了。

碰巧在场的客人都离开时，天还没亮。我脱下连衣裙，换上原来的牛仔裤，去浴池女口中绘里把狗送给他的那位男招待工作的店里喝了一个小时。绘里还住在这娱乐街的时候，一个年轻的男招待提出想和我交往，之后我就跟着他走了，当时我们姑且交换了联系方式，但是我已经记不得他的名字。后来我选择了绘里点名的招待，去了他的店里。我和绘里进店后不久，年轻的男招待就频繁给我发信息、打电话，虽然对他感到抱歉，但那天我并没有在店里点名男招待为我服务，我只是让他把我送到电梯前，所以在原则上是没问题的。而当我坐下的那一刻，我看到年轻的男招待在店里走来走去，我想起了他的名字，但这已经不重要了。

"哦，是绘里的朋友啊。"

我点名的男招待大步向我走来，一走到我的座位前，他就这样说。他个子不高，留着短发，戴着眼镜，看起来并不像受欢迎的男招待，但他至今已在娱乐街的老店生活了三十多年，所以我想一定有不少点名他的顾客。

"好久不见。"

"你去参加葬礼了吗？哎，你点单了吗？"

"葬礼我去了。还没点。"

他把桌上的菜单递给我，并感谢我的点名。虽然我对坐在绘里点名的男招待身旁有些抗拒，但他坐在了我所在的 L 形沙发上放着花店纸袋和手提包的那一侧，这让我感觉自在些。他说第一次点名会赠送一小瓶烧酒，于是我点了用来兑酒喝的茉莉花茶，又给自己点上了并不想吸的烟。我不擅长为顾客点烟，或者让别人为我点烟。

"你工作的店就在市政大厅马路对侧往里走的地方吧？今天这是下班了？"

他给自己点上烟，从叠放在桌上的烟灰缸中拿出两个放在我的面前,一个放在自己面前。他个头小,手却很大,没有佩戴多余的戒指或手镯,指甲整齐干净,虽然是男招待,但是手表的品位很好。我极少在下班后和男客人一起去牛郎店,三年前我偶尔会光顾一家熟悉的店,但是已经很久没有独自走进牛郎店了,我不知道该看哪里,只好盯着桌面。

"嗯,我今天辞职了。你的记忆力真好。"

"真没想到!你要去别的店?还是要搬家?啊!结婚?怀孕结婚?在店里跟人吵架了?跳槽?考资格证?回老家?存够钱移民海外?在索尼唱片作为歌手出道?"

"其实是我妈生病了,我想陪着她。"

"这个理由你用了几次?我呢,虽然来这家店才八年,可是奶奶已经死了五次。"

一个既像新人又像服务员的冷酷男人端来了冰桶和茶,男招待动作麻利地用烧酒兑茉莉花茶,他不问多余的问题,只问我想说的事,话题量很足,我明白了他是一个不会散发令人不适或危险气息的男招待。话虽如此，但我觉得能从他身上感受到男性魅力的女人不会很多，我想，也许绘里说的没把他当男人看并不是在说谎。临近关门，店里变得喧嚣极了。一位年轻的女客人对着话筒大喊，后来我们进行了一些无伤大雅的对话。虽然对话被打断，但是我们都没有感到尴尬，吵闹的时候我们都没有说话。

当音乐响起或有人对着麦克风说话时，店里会变得特别嘈杂，我和他之间的距离偶尔不可避免地缩小；当强烈的噪声停止，又自然地回到了原来的距离。对我来说，这种可伸缩的距离恰到好处。手提包仍在他和我之间，但纸袋不知何时被放到了他的另一侧。他不时站起来，但从未长时间离开。我尽量不去环顾店内，只看桌子。因此，我不确定顾客们是否被招待送走，或者，在这点单满天飞、忙得不可开交的店里是否原本就有其他顾客点名招待。也许他们是在关心我，因为我刚失去了一个朋友。

"狗……"

就在我大声说出的瞬间，另一桌抢眼的男招待开始跟着卡拉OK唱歌，坐在我旁边的男招待再次把耳朵靠近我。我只看到了一个耳洞，或许是因为堵住了，所以他没戴耳钉。我因为无法说出一个复杂的句子而感到恼火不已，但又无法忽视他那靠近我的耳朵，我逐音逐字、清晰得近乎大喊似的对他说："绘、里、的、狗！"他面朝前方重重地点了点头，似乎在示意我，他听得很清楚。他回过头来把脸靠近我的耳朵，手臂从我肩膀后面紧靠着的沙发靠背——而不是我的肩膀——边缘绕过，说："狗在我这里，我养着。"薄薄的手提包还放在我的腰际，他几乎没有触碰我的身体，只有拇指边缘稍微碰到了我的手臂后侧。

抢眼男招待嘶吼般的歌声停下来，卡拉OK进入了间奏，我身旁的男招待的脸又回到了原来的位置，他放在沙发靠背上的手臂微微倾斜，肘部弯曲着往后移了移。当他的手离开我的手臂时，烧伤的地方出现了刺痛感。

"我隐约觉得是这样。"

"那是只好狗,性格很活泼,和绘里很不一样。"

我笑了。我只见过一次绘里的狗,对于没养过狗的我来说,这比其他事更让我难以理解。确实,它伸出薄薄的舌头哈哈地喘着气看着我的时候就像在期待什么,我觉得它的性格可以说是活泼的。我和绘里认识的时间不算短,有共同语言,也互相打电话,但是我对狗的记忆比对绘里更加丰富多彩,真是不可思议。

"你想养?不过它已经熟悉我家了,我不能给你。你要来看它吗?"

"我不是想养它,我的公寓不能养宠物。"

我条件反射似的逃避回答是否去看它的问题,但反而因此使得随意自然的问题有了沉重的意义。不过,这位年过三十岁的老牌招待还是说:"那你想看它的时候就联系我,想喝酒了也可以。"他说罢,我们就打开手机,进行了交换联系方式的流程。

"想死的时候也可以,不过只限于我能立即赶到的地方哦。别是大阪什么的。"

"最多池袋?"

"嗯,山手线内都可以。"

"我现在就给你发消息说'我想去死',真正想死的那天也会这么联系你。"

"嗯。不过完全不会死的日子也会联系我吧,这也是没办法的事。"

间奏结束了,安静了一阵的抢眼男招待又吼了起来,而我则趁机一言不发。"是啊""真讨厌""会找你的哦"……这些回应都和我的心情相去甚远,于是我只沉默着。他也沉默了。

当抢眼男招待的卡拉 OK 告一段落时,找我的零钱也适时地被送了过来。我毫不犹豫地从座位上站起来,打算去拿男招待另一侧的纸袋时,被他抢先,同时被递过来的还有我的手提包。"给我一点工作,我现在想工作了。"他说着,眼睛在店里的各个角落游移，他带领我往店外走，途中没有遇见任何人，他跟着我走进了电梯。我本来打算步行回家，但从电梯到马路只走了三段楼梯就已经气喘吁吁了，于是我决定老老实实地坐出租车。他问我住在哪个方向，我说："直走，然后左转就到了。"最近娱乐街上所有的店铺关门时间变得特别严格，出租车互相争着载客，然而在店铺前匆忙踱步的男招待不知从哪里叫来一辆出租车。如果把车费给他就太奇怪了，所以我乖乖坐上停在一米之外的出租车，决定至少要把零钱给司机。他唯一一次认真地触碰我是在我弯腰上车时，轻轻地把手放在了我的后背，跟我说"注意安全"。

我是为了不走路才坐出租车的，可我先爬上了三楼，后来又绕道去了药妆店和烟草店，我想，我所走的距离和从牛郎店走回来的距离似乎是一样的。我走到镜子前，用化妆水抑制脸部的烧灼感，同时很想向后倒下，躺在地板上。由于房间内温度低，我裹着毛巾的身体已经冷透了。晾好还没叠的堆积成山的衣服不知不觉间就过季了。无论在哪里,我都感觉不到真实。在牛郎店和母亲的病房里也是,我自身与周遭的环境之间存在着不协调感。我对自己的房间也没有真实感,但如果门和钥匙发出规律的声响,我会感到稍许安心。

* * *

自我开始除了去病房探望母亲再无其他义务的生活起,已经过去了一周。总的来说,时间仿佛加快了似的,而我仍然被门和钥匙声的微妙节奏支撑着回到家里。起初的两天,当我直接从医院回到家后,我无法入睡,也许是因为身体还不够疲劳,因此从第三天起,我尽量在某个地方停留,而不是直接回家。大部分时间我都在早早开门的酒吧或在娱乐街上有"在线赌场"的大厦里消磨时间。随着新一周的到来,我决定今天无论如何都要从医院直接打车回到自己家楼下，当我想着至少买点什么再回去，用脚转圈，后退一步向后转的时候，我在出租车里一直攥在手里的钥匙掉到了水泥地上。

我蹲下身子捡钥匙，在地上停留的几秒内重新思考后，直接绕到大楼后面，打开停车场里面那扇厚重的门，从旁边的内部楼梯跑到三楼。通常我不会跑着上楼梯。我不喜欢呼吸困难的感觉，喝酒之后会感到恶心。今天我从早上到现在没喝一滴水，没有服用任何药剂或是其他什么。借着跑起来的劲头，我把身体压在三楼的门上，猛地将其打开，门仍然发出沉闷的声响。可是我的身体已经蓄势待发。我将手中的钥匙插入锁中转动，没有等待平时的节奏，就在两个节奏明显错乱的声响中冲进了门内。我反手关上身后的门，把手中的钥匙暂时放在鞋盒上，蹲下脱鞋，手提包就放在脚边。

去医院不需要带很多东西。若是平时，我只带一个小包，里面放着口红、手机和钱包。而我带去医院的品牌标志不明显的皮包总是满当当的，稍不注意里面的所有东西就会溢出来。离开家门前，我把为母亲擦脸的化妆品放在纸袋里，手提包里只有钱包、手机、钥匙和一个小包，里面放着我的补妆工具。即使没化浓妆，但如果没有携带补妆工具，我就会不安。

当我上午十点赶到病房时，母亲已经醒了。她靠在倾斜三十度左右的病床靠背上看着窗外，眼球上仿佛浮现出一个问号的标志——这是服用止痛药者的典型症状。我从纸袋里拿出化妆棉和廉价乳液，放在病床边的冰箱上面，然后默默地坐在折叠椅上，和她望向同一个方向。她偶尔和我聊几句没意义的话，或是让我给她调整靠背的角度，或是让我给她的手机充电，除此以外没再说什么。到了午餐时间，我看到她假装把手放在食物上，什么也没吃，而我则吃了一半在医院一楼的便利店里买的粉丝沙拉。只要我想，就可以全部吃完，可一看到色香全无的病号餐，我就失去了食欲。而且，和母亲过于纤细的手臂相比，我的看起来太粗了。

在服用止痛药后,母亲不再像以前那样不停地喊疼了,然而她的呼吸似乎更困难了。我不知道她费力呼吸是为了故意传达痛苦,还是事实如此;也不知道她瞪着蒙眬的眼睛说出前言不搭后语的话是因为意识模糊,还是意识和感情清晰而眼口无法跟上意识。我的手机收到了浴池女的几条信息,我也回复了几条。我没有告诉她我去见过男招待了,因为我总觉得自己的行为不太高尚。我和她的信息交流已经从绘里的话题转移到了整容手术的预约和无聊的漫画上。一个跟我关系还不错的前同事也发来信息,向我抱怨着曾经点名她和我的两位客人之一这次点名了一个我们都不喜欢的二十岁女生。

我觉得如果保持一个姿势摆弄手机和翻阅昨天来时购买的几本杂志,腰部和下半身就会失去控制,于是趁着母亲中午吃完药小睡的间隙走出走廊,下楼打算抽一支烟。就在这时,我的手机响了。看到屏幕上显示着我存在通讯录里的医院的号码，还以为是母亲死了，结果听说是有来客。我回答说马上返回，可当时已经走到一楼的我还是从东侧出口走到外面，吸了三口烟，才无奈地出现在母亲病房配备的、专为危重病人而设的护士休息间。

一个男人只报上了名字，没有说姓氏。除了男招待，一般很少见只报名字的人。他显然不是男招待，年纪在五六十岁。他的穿着显示，他不仅富有，而且生活幸福。他的秋冬款夹克外面没有穿其他外套，手里拎着一个袋口折叠起来的小纸袋，因此我判断他是坐私家车来的。母亲搬到我家之后开始真正地诉说疼痛和呼吸困难，所以增加了麻醉剂量。正因如此，她几乎谢绝了家人之外的访客，这意味着除我以外不会有其他人来看她。在那之前，我并不是每天都在医院，即使在医院也只待几个小时，我想可能会有人来看她，但我没有印象。只有一次，我和协助母亲工作的自由编辑碰巧错过。

当我准备向他解释母亲的情况时,他保持微笑,缓缓摇头说:"我还以为见不到你的母亲了。"他继续说,"我只想把这个交给你。"然后把纸袋的折口向上打开,将纸袋的把手朝向我。不要拿陌生人的东西——我的脑海里浮现出了这样一句不知从哪里学来的或是单纯的老生常谈的一句话。我把手抬到一个尴尬的位置,用眉毛和脖子表达了疑问。

"我希望你收下,这是你母亲的。"

他没有收回纸袋的意思,而我不想在护士们来来往往的走廊里和他推搡,所以我姑且抓住纸袋的边缘而不是把手,并作势要检查里面的东西,以此来催促他解释。他大概看出了我什么都不知道,抑或是也觉得这里不适合进行深入的交谈,于是他问我有没有时间和他谈谈。我回到病房看了一眼母亲,然后邀请他到医院中庭的台阶处。他没有收回纸袋,因此由我拎着,我不知道里面装着什么,但是感觉比我想象中要重一些。

"我第一次见到你的母亲是在你出生之前。"

在这个一件夹克已经无法抵御寒冷的季节里,在中庭散步的患者和探访者很少,但几个长椅上都坐满了人。他找到一个合适的长椅刚坐下,就对着隔着些距离坐在他旁边的我开始说。

"你听说过一个叫'浓缩'的店吗?"

尽管我穿着一件薄外套,还是冷得微微地耸了耸肩,可他似乎并不感到冷。他说出的店名我有印象。

"听说是母亲以前唱歌的地方。"

"是的,那家店有一个小舞台。你的母亲为了生计——就像你说的那样——在舞台上唱她自己写的歌。剧团的女演员仅凭这份职业是没法生活的。不过那家店是随处可见的提供女性服务的店。你的母亲那时非常引人注目。"

那家店已经不在了。在母亲的讲述中,那里是一个文化非常盛行的好地方。当我离开和母亲一起生活的家时,我意识到那是她的谎言。即便如此,她仍然很幸运，她把在店里驻唱赚的钱攒起来，学习了外语，后来在一个小教室里教课，还出版了几本诗集，在未婚先育的情况下自食其力。"很幸运"——这是母亲亲口说过的话，至少我相信是她的谦虚之词。

在斜前方长椅上与轮椅上的老妇人面对面坐着的人瞥了我一眼，我才注意到身旁的男人和我的位置。如果坐在一旁听我们的对话，就像亲生父女第一次见面吧，想到这里我就笑了。我知道父亲的模样。他是个自尊心很强的人，不管自己拥有什么，总是羡慕别人，而且很容易受到伤害。我想，他应该比旁边的男人年纪大，而且不如他这么富有。父亲从来没有认我，但在我上小学五年级的时候，他开始来找我，直接给我钱。上初一的时候，母亲发现了这件事，于是我就再没见过他。我不怀念那个在我小学五年级时突然出现的中年男人，只是因为不能再从他那里得到钱而感到难过。初二时我去找他，见了几次，但到了初三又被母亲发现，我又见不到他了。不久后他就死了,那年我十六岁。十七岁时,我离开了和母亲一起住的房子。

"你母亲在店里工作的时候,我会尽量去看她。我是她的粉丝,也看她的剧,但在剧中不能离那么近地看她,所以,在'浓缩'的表演是我能近距离观看你母亲的重要日子。她真的很美,她的身体也很美。对她的女儿说这些是不是很奇怪?"

他稍微扬起眉头中间,无可奈何地笑了。我什么也没说,只是耸了耸肩,微微摇头,眉毛上扬表示"没关系"。他微笑着继续说:"你母亲是一位值得骄傲的艺术表演者。"为了取悦顾客,店家试图让她穿着近乎赤裸的服装演唱。母亲显然对此不满,但她的反抗也是有限的,最终她穿着极端的衣服唱了起来。她越是接近裸体,顾客的反应就越好。

"她的身体白而柔软,是男人们都喜欢的样子。我擅自认为自己是她最大的粉丝,所以不喜欢看到她被喝醉的顾客调笑。我内心其实希望她是我的人,因此我和那些喝醉酒的下流客人也没什么区别。"

"你没有试图勾引她或做些什么吗？反正你去的就是那种地方。"

听说母亲半裸着演唱，我虽然感到意外，却还觉得有点好笑。

"舞台上的其他女人在不用上台的时候都会坐在客人身边拿小费，很多人在不上台的日子在店里当女招待，但你母亲不陪酒，她唱歌的时候会绕着桌子收小费，之后就退到后台去了。这样一来，像我这样的人反而感觉她遥不可及，所以我拼命送花给她。那时我还没有很多钱，但还是拼命地支付小费。"

"好强势啊！"

他停顿了一下，我语速很快地插入了一句感叹，但也许是因为我意外地提高了音量，他有点笑出声来："我倒不觉得强势，不过确实自尊心强。"说着，他脸上的笑容比刚才更大了。他突然站起来，拽着夹克的下摆调整了错位后又坐下。已经微微倾斜的太阳从他后脑勺的后方照射过来,因为光线没有照到他的脸上,所以有一瞬间看起来是黑的。最近一周天气都很好,但今天阳光格外明亮。再过一个月,就要迎来冬天。医生说不知道母亲是否能撑过年关。

"你的母亲后来不在店里唱歌了,但在那之前我们一起喝过酒。"

他重新坐下,我发现他坐在比之前更靠近我的地方,可当我回过神来才注意到自己的身体稍稍向前倾斜着,所以这大概是我的错觉。不管怎样,在他继续说下去时,他的脸看起来都比刚才更近了。

"离'浓缩'很近的地方有一家营业到很晚的意大利餐厅,我们并肩坐在吧台座位前,聊了大约两个小时。近距离看,她比舞台上更端庄美丽,手臂和脖子上没有一点伤痕,真的很美。我喝得很保守,避免因为喝醉而断片,如果忘记就太可惜了。你的母亲不是一个经常笑的人,但那天她很高兴地说着对'浓缩'店长和经理的抱怨。她说要从那里辞职,我害怕再也见不到她,于是急切地对她说'请不要辞职'什么的,然后她说自己有恋人了。

"是一个比她年长近二十岁的导演,有妻子和孩子,他的妻子曾经也是演员。

"他就是你的父亲。但她说她在考虑分手,不过在那之后她才发现自己怀孕了。她辞职后也不再演戏,她说过有一个工作机会。我听说她要离开,于是终于下定决心向她表白,但她委婉地拒绝了我,说想学习和工作一段时间。"

我心想该去看看母亲了,不经意间已经过了很久,而且不知道接下来还要多久,我无法掌握他的故事节奏。他很放松,说优雅也优雅,说急躁也急躁,他似乎不想让谈话太快结束,有时故意在拖延时间。坐在斜前方的人和同行的轮椅老妇人都不在了,我注意到在中庭散步的人也比之前少了一半。

关于这件事,我并非从母亲那里得知,而是从父亲那里听到的,像捏造的故事一样平平无奇。母亲的老家在离东京中心不远的乡下，家里经营着一家规模小但年代久的饭店。她作为三姊妹中的长女，讨厌嫁人，讨厌乡下，讨厌不够干净但又骄矜自满的饭店，所以她来到了繁华而有内涵的都市，并应征了剧院的工作。父亲当时是剧院的院长兼导演，已经有了家庭却频繁地对女同事们出手，是个花花公子。但他从第一眼起就喜欢上了母亲，他们很快就成了恋人。有段时间他甚至考虑过离婚，但他不能因此抛弃孩子和从不给他添麻烦的妻子，他不是一个感情用事的人。父亲在我眼中完全不是一个性感的男人，但是听说他有不同年龄段的情人，或许是因为受欢迎，或许是因为认真。然而，他似乎没有其他私生子。母亲不允许他通过给钱来放下罪恶感，除了生育费，她没有接受任何资助。而且父亲本来也不富有。

初二暑假结束时，我拨通了他之前告诉我的电话号码。我们时隔一年多再次见面时，我的手臂上有了严重的烧伤疤痕，这让他很沮丧。我还什么都没说，他就怪罪到了母亲头上。这是事实,我没有理由去专门否定霸道的父亲。"我知道你妈妈绝对不同意,但我还是见了你,这是我的错,她永远都不会恨你。"父亲这样感慨道。他还说母亲一直以来都很恐惧他抢走我。我不确定父亲所说的母亲的恐惧,是害怕我被父亲抢走,还是父亲被我抢走。即使我再问下去,得到的也只不过是他的想法,因此我什么也没问,只是确信二者都不是。

我不记得母亲打过我或者对我怒吼。我上初二后不久校服就换成了夏装,我在朋友交往的高年级男生们聚集的地方打发了些许时间。晚上回家后,开着文字处理机看着窗外的母亲一脸震惊。我已经外宿过,也在深夜晚归过,我确定她的震惊不是因为时间。我和朋友们掌握了不被训导的本领,当我们晚归或去喝酒的场所时,就会在车站卫生间或是谁的家里换下校服,穿上日常的服装。虽然不是每天,但我们大多时间都是这样度过的,因此无论是我涨红的脸还是我从母亲不知道的商店买衣服这些事都不会让她震惊了。我告诉她我在朋友家，交谈了几句后，正当我准备去洗手间的时候，母亲抓住我的手臂，把一支点燃的香烟压在了我的肘部上方。当我本能地试图收回手，喉咙里不由得发出短促的叫声时，烟头划过了皮肤上方，不一会便掉在地上，然而母亲抓着我手臂的力道变得更强了。瞬间划过剧烈的疼痛，我看着她的手指嵌在我的手臂里，我感觉我们紧紧相连，而不是我被她抓着。

逃跑、拥抱她，或者大声说些什么——若干选项在我的脑海中高速闪过。可我的身体已经放弃了任何行动。母亲没有看我的脸，而是看着我的手臂，把文字处理机旁一个有些重量的银色打火机拿近并点燃了它，紧紧贴在皮肤上的廉价T恤袖子散发出难闻的气味，有一瞬间我看见了火花，就这样，袖子紧贴着手臂燃烧起来。皮肤燃烧的瞬间，我闻到了类似动物的气味。母亲大概是被意料之外的火花和我的尖叫声吓到了,她立即把喝了一半的咖啡浇了上来,否则我被T恤包裹着的上半身可能就会全部燃烧。我看向母亲,她仍然惊魂未定,过了一会她把我带到浴室为我淋上冷水,然后带我去了大型医院的夜间门诊。在经历了数次脓包和瘙痒之后,烟头最初压过的地方和T恤下面的皮肤有了不同的疮口,最后留下了疤痕。

"那家店的人都闪烁着野心勃勃的眼神,似乎在等待机会。她们相信有机会从自己所在地方去到另一个地方,将那些不太聪明的客人收入麾下。"

他描述的女人似乎与我认识的酒馆女郎相去甚远。至少我从来没有在客人的脸上看到过金钱之外的东西。我不确定,是否只是他的记忆发生了改变,还是时代和地点发生了变化,又或者,在客人的眼中就是这样的。

"我记得有人会抛媚眼,有人贪婪地提问和要求,有人卖弄自己的才华,甚至对着当时像我一样没有权力的年轻人。我想有不少女人都在做着接近客人并且讨好、最后出卖身体获取报酬的事。其中有的人确实几乎每晚都在接客。她们都去哪里了呢？你的母亲不卖身，但是有才华，她可能也在某个地方寻找着出口，用来逃避与小剧团导演发生婚外情的每一天。她很聪明，知道这种地方不会有她想要的出口，因此她离开了。"

一个比母亲年轻的女人，有着和病房里的母亲一样视线固定却没有焦点的眼神，由一个看起来像是她丈夫的男人推着轮椅，从花园中央向我们所在的东侧靠近。我也曾多次推着轮椅上的母亲来到这里，但她似乎不喜欢这里的人工景观，很快就露出一副疲惫的样子。母亲一定打心底里鄙视那些店里犹如妓女一样的女招待，还有那些买走了别人的身体、自以为也可以买走她的男人。

他看着我。他长了一张令人炫目的脸，拥有度过美好生活的人特有的表情和一双洞察世事的双眼——他向我投来了这样的目光。我以为他在想象我生活的脏乱的房间。我仍然很担心母亲，于是特意打开手机看时间。他问我是否要回去了，问我是否能一边走一边再聊一会。我不仅担心母亲的状况，身体也很冷，尽管倾斜的光线仍然照在花园里。

在等待电梯时他说了一些话，大意是他认为母亲憎恨自己的美貌。

"当我们在吧台座位上喝酒时，她说起了另一个歌手的坏话，说她是店里大人物的情人，这就是她能上台的原因。而且她还振振有词地说，那个歌手之所以穿着比自己更高级的衣服演唱不是因为歌唱能力，而是因为背上有一块丑陋的痣。被男人赞赏的女人反而吃亏。因为男人喜欢炫耀美丽的女人，却在暗地里爱丑陋的女人。这是你母亲独特的见解。"

电梯来时，载满了医院工作人员和手推车，于是我让他们先走了。当另一部电梯终于抵达时，他暂停了讲述，我迅速地钻了进去，而他仔细地查看了周围的环境。我真想下楼吸支烟再上去。

"但也许她说得没错。你和你的母亲一样美丽，或许能够明白。辞职后独自生下孩子，我想你的父亲应该不知道这些。她的身体恢复得很差，非常辛苦。存款慢慢减少，或许也没有工作机会，于是开始偶尔给我打电话。她想像之前那样在店里唱歌，这倒是没问题，只是店里似乎要求她也得干女招待的活。她本来就对以接近裸体的姿态唱歌非常不满了。后来，她不得不开始和男人睡觉，给自己的身体开出具体的价格。她哭着说害怕，当时事业刚刚独立的我虽然经济上不太富裕，但仍打算尽可能借钱给她，帮助她。"

电梯在中途停了两次，很快就到了母亲病房所在的楼层。他只在一名护士进来又在下一层离开的时间里中止了讲述，之后又自发地再次开启话题。他再次停止说话，在只有我们二人的电梯里把手挡在门前让我先出，然后小心翼翼地走出来。他似乎无意来母亲的病房，在电梯间站着不动。

"你母亲只是太善良了，虽然看上去很骄傲，但不是那种当坏女人的料，又或许刚生完孩子，性格不稳定吧。面对当时单纯的我,她明明可以骗我的钱,让我负债累累之后再抛弃我。然而她说不接受我的资助,比起在陈列柜一样的地方和其他女人站在一起被物色、被男人购买,她宁愿出卖自己,于是开始时不时地和我见面。她不爱我,她爱你父亲。"

我们走出电梯之后,不知道为什么电梯没有再来,人们开始陆陆续续地集聚在电梯间。要离开的访客、医生、工作人员、身穿睡衣似乎要去购物的病人都在时刻观察着数台电梯上方的指示灯。

"我其实不应该告诉你这些事,我们的关系在我结婚后依然不时地持续着,最后没有迎来告别,你的母亲就再也不能接电话和回信了。"

在拥挤的电梯间里,他原本耳语一般的声音似乎响亮了一些。"我以为她会活得更久。"他的声音在嘈杂的环境中无法传递到几米之外,但其中确实夹杂着呐喊的音色。

"我以为她会活得更久,我希望她活得久一些,还为她准备了钱,请你收下。我不会再来见她了。如果看到她,我应该会不离不弃地照顾她直到最后一刻。我用钱买了她,她绝对不希望我陪伴在她身边,她是个自尊心极强的人,不会让客人来照顾她。"

他轻轻地握住我拎着纸袋的手,我惊讶地发现,他的手是温暖的。我的手完全被初冬的冷空气冻僵了,而且似乎一时半会都无法恢复到正常体温。

* * *

间隔短暂的吱吱声和钥匙的开锁声犹在耳边,我打量着杂乱的桌子周围,把脚从五厘米高的短靴里拔出,打开放在脚边的包,从里面拿出折叠的纸袋。光临这条街上酒吧的顾客都是支付现金,而不用账单或信用卡,所以我也见惯了一沓沓纸币,能够通过重量和厚度判断大致的金额。不过,虽说母亲的目光没有焦点,但我不打算在她的病房里打开纸袋。我端正地坐在玄关处，双腿叠在身下，看着纸袋里四个厚厚的银行信封，我拿起其中一个。打开一看，里面是两沓用银行的胶带卷起来的一百万日元。我把手伸进袋子里摩挲，每个信封似乎都是同样的厚度。

我回到病房时母亲已经醒了，她正张着嘴大声喘气，默默地瞪大眼睛看着我。我听见她呻吟了两声，她或许是故意的，或许是大喘气时声音从喉咙里漏了出来。我走近她，试图用遥控器降低床背，这时她突然呢喃道："不对。"于是我又把床背调高了一些，她没说话，不过我听见她的喘息似乎轻松了一些。母亲在想什么常常是不确定的，即使在被疾病夺去了大量语言之前。她的情绪不时地发生莫名其妙的变化，在奇怪的事上变得格外固执。但我仍然了解她胜过别人，即使是她不再说话的现在。

虽然从日历上来看现在还不算冬天，但太阳落山的时间越发早了。在中庭时，空气还像白天一样明亮，但在病房里，窗外就已经呈现出略微温暖的色调,甚至透过窗户洒到了床上。

"白天越来越短了。"

我没有坐在椅子上,而是坐在母亲的床边,浅浅地坐在边缘而不致滑落下去。我跟她说话,没指望能得到她的回答。自从回到医院后,母亲有时会"嗯""是啊"地回应,有时什么也不说,有时会扯着嗓子说一些奇怪的话。她不再像以前那样修饰自己和用过剩的自我意识进行诗意的表达。

"是啊。"

她意外地口齿清晰地回应了我,本来只能用余光看到她的我移到了正面,观察她的脸。可比起回应,这似乎更像是一种身体的本能反应,她眼神的焦点仍旧徘徊在某个未知的地方。

"来了一个男人。"

"哦。"

"他给我钱了。"

"哦。"

"我们家比我想象中更穷吗?"

"哦。"

"你如果嫁给他该多好。"

"嗯。"

"抛开生了别人的孩子这件事,你如果嫁给他,就会成为一个普通的被有钱人疼爱的妻子。不用隐藏自己,也不用半裸着身体唱歌,可能就不会生病,你可以只管写你喜欢的诗,不用管能不能赚到钱。"

我知道母亲的反应已经没有任何意义,所以才继续说了下去。母亲恐怕也是人生第一次被我问这么多问题。她有时会强势地追问我,但我几乎没有问过她任何事。明天晚上回来吗?为什么我没有父亲?语言教室和诗集出版有多少收入?为什么无论我吸烟或是喝酒你都不生气?为什么我不能见父亲?你知道我在这条街上做什么工作吗?我撒的谎你知道了吗?为什么没打过我也没抛弃我的你却烧伤了我的皮肤?——我什么都没有问。

"我来月经之后,陪我去买卫生棉的初中同学莫名其妙地给了我一只避孕套,我把它放进了书包,第二天上学后发现没有了。是你扔了吗?"

母亲的反应越来越迟钝,眼睛半闭着,于是我从那些从没问过的问题中选了一些再执着也无济于事的问题。她自然没有回应。我又拿起夹在床垫和床架之间的遥控器,将打着盹的母亲的后背向水平方向调整了一些。母亲已经不再告诉我这个姿势是不是舒服。护士送来了晚饭,我稍稍起身,从她的手中接过托盘,把桌子靠近母亲的身前,将托盘放在上面。反正母亲也不会吃的。我再次在床边浅坐了下来。

"我的烧伤与父亲没什么关系吧?"

母亲只是用手指轻轻地摸了一下托盘,没有碰茶。我发现她的头稍微斜靠在了枕头上,闭着眼睛。我把声音压得更低,用她几乎听不见的声音说了这句话,她没有睁开眼。过了一会儿,护士送来了药,母亲半睁着眼吃了药,又皱着眉头睡着了。

母亲想烧的是自己的皮肤吗？毋宁说，在她身体里生长的我的皮肤也是她的皮肤？我瞥了一眼其他信封口，确认了纸币数量。我意识到自己的房间里既没有可以上锁的抽屉，也没有保险柜。迄今为止，我带回家的纸币从来没有超过一个月工资，还要从中抽去每天的花销、理发费用和罚款等，此外，我也没有其他昂贵或重要的东西。

我从玄关提起自己沉重而僵硬的身体，将纸袋放在矮桌上、手提包放在身边，坐在地板坐垫上，点了一支烟。地板比上周更冷了，我犹豫着要不要打开暖气，最终还是没有，姑且穿着外套抵御寒意。我从几乎空空如也的手提包里掏出手机。

对了，你今天上班？

我给不时保持联系的浴池女发了一条信息。我从曾用来装弹珠店奖品的空纸盒里拿出前一天扔进去的润唇膏，涂抹在嘴唇略显僵硬的中间部位。之后很快得到了回信。

　　上班，但很闲，没客人。零点能下班。

　　去喝一杯？吃饭也行。

　　不，不吃了。我从今天起要连续出勤四天，明天从早到晚要上一整天。

　　早上几点来着？十点？

　　嗯。

　她好像真的没有客人，所有信息都秒回。她工作非常认真，我记得她父母都还健在，住在首都圈不知是千叶还是埼玉一个没怎么听说过的乡下小镇，不会专程跑来东京的地方。她工作的店位于旧时的红灯区，每周至少出勤四天，多则六天，生理期的时候就会去其他不用接客的店里上班。我猜她的月薪是我在酒吧每周工作六天收入的近三倍。

　　我想喝酒，等你上完四连班，我再叫你。

　　哎，真稀罕。辞职后缺酒精了？

　　嗯，我有临时收入，最近回家后也不太能睡着。

　　对了，SM怎么样了？

在她提及这一点之前，我已经忘记她特意给我SM风俗店的联系方式这件事了。悲伤令人费解地蔓延到了绘里的葬礼，仿佛在哀悼她的人生，而不是她的离去,我只想更多地了解她。绘里在大阪和其他地方的工作可能只是普通的风俗店,而不是SM专门店。我的看法是,如果是SM风俗店,就不会因为身上有烧伤和文身而在面试中落选。浴池和同等价位的风俗店不喜欢身体上有伤疤的人,即使她们五官姣好。绘里不仅戴着假牙,左手手腕到肘部内侧还规则分布着深深的割伤伤口。她说那是年轻时受的伤,可直到去世她也还很年轻。

  还没去,白天一直在医院来着。SM店不会介意文身吧。

  或许是趁着向已经不知道能不能理解话语的母亲提问的劲势,我随口就问出了没有调查过的事。管状润唇膏的旋钮式盖子没有盖好,于是我又将它旋转出指尖那么长的一截,涂抹在了仍保持着刚刚的滋润度的嘴唇上。

现在提供上门服务的风俗店里有很多有文身的人，不能去的是那种面向家庭的带廉价泳池的温泉。

我用右手触摸左臂，由外向内转动着手指，隔着衣服摩挲皮肤上的细微凸起。帮我文手臂的文身师是位女性，她就职于一家大型的文身工作室，工作室位于一条初高中生常去的繁华大街上，店内十分明亮。她技术精湛，待人礼貌，擅长按照客人带来的图片或照片上的图案文身，而不是自己设计。我带过去的是文身杂志上刊载的一些图案，她便忠实地再现了那些图案，并且在烧伤处用了许多不太规则的黑色来使得疤痕不显眼。那些凹凸的部位，因为我一遍遍的抚摩使得手指习惯了凸起的形状，仿佛已经消失不在了。此外，健康皮肤上的文身如果有黑色线条，那么触摸时多少能感觉到如同荨麻疹红肿的凸起。

我出去喝一杯。要不要去牛郎店呢?

哈哈,要用那些皮条客给的初次优惠哦!
给男人花钱太浪费了。

看到她的回信后,我立刻给绘里点名的男招待发了一条信息。我不知道他在工作期间会不会仔细查看消息。如果他不回应,那我就按照浴池女说的那样随便找一家店去喝酒,使用初次优惠,花上三五千日元。我一边用手打字,一边站了起来。

我回来后还没有洗手,所以去洗手间用洗手液洗了手,然后用扔在洗衣机上用过的浴巾擦干。我把脸靠近镜子,检查妆容是否服帖,接着拿了一面折叠镜和卷发棒重新坐在桌前。不开亮灯化妆,妆容会变得浓艳,不过我晚上出门还是喜欢化浓妆。为了更有活力,我把一根写有各种陌生的亚洲文字的小棍塞进鼻子,直接用铅笔在眼头一侧的眉毛上补了几笔。那原本是一种只含薄荷的鼻吸药,然而一个不良商人在里面掺了某种粉末进行兜售。我一边用棉棒擦拭眼尾晕开的眼妆,一边试图回忆什么时候认识他的,我记得他是绘里客人的手下。

这时电话响了,是男招待。

"你好啊,有什么事吗?"

"欸?你现在不在店里吗?"

男招待身后响起的音乐明显不是在风俗店。那是由大概十年前爆红的摇滚乐队主唱演唱的一首陌生的歌,不知道是新歌,还是旧专辑里的。

"我在美容院,想剪头发来着。来了之后他们说我有白发,所以又染了头发,花了好长时间。店里啊,我打算优雅地迟到呢。"

美容院应该也在这附近。这条街上任何行业的店铺在这个时间段里都很嘈杂,美容院、美甲沙龙、牛舌店……我故意装成好骗的鸭子,主动送上门去。

"我要去喝一杯,你什么时候到?我可以等你到了一起进去。想喝龙舌兰和香槟。"

"怎么了?发生了什么事?"

他没有笑,也没有很严肃,而是用一种轻快亲切的声音说道。专业的男招待即使有人送上门也不会忘乎所以或者心浮气躁,而是时刻警惕着。在我们对话的间隙,音乐声更明显了。我竖起耳朵仔细去听歌词,发现自己的名字被比喻成了天使,真是讨厌。

"我想不到可以喝酒的地方。你几点到?"

我知道他还在警惕,可我仍然继续追问。

"要不在外面说?"

"就在店里吧,吵闹的地方比较好。"

"我这边已经结束了,在车站附近的美容院,三十分钟左右就能到。"

男招待说着,似乎在沉思,于是我挂了电话,用指腹在眼皮上厚厚地涂了有珠光的眼影。与男招待的声音相比,我的耳朵里一直回荡摇滚乐队主唱的声音,而房间里没有播放音乐的设备用来代替。烟灰缸里的那堆烟快要溢出来了，因此我将刚才快要熄灭的火苗转移到了其他旧烟叶上，冒出了一缕缕烟雾。我打开桌子下面不知道什么时候放在那里的塑料瓶，把里面的水浇在上面后，烟停了。气味很呛，可我不在乎，因为我就要出门了。我把那个男人给我的其中两个信封放在厨房水槽下的架子上，一个放在床下放内衣的抽屉里。我打开最后一个，取出其中的一沓纸币，犹豫了一瞬又放了回去，把装着两沓纸币的信封直接放进了手提包。虽说八百万会让我有不适的紧张感，但两百万是可以随身携带的。在娱乐街，随身携带装有两百万日元信封的女人多得数不清，和说要去死的女人数量大致相当。

我像是回到了刚才狂野的音乐节奏中似的，耳朵里回荡着摇滚乐的声音，我转动钥匙，在余音中用力打开楼梯口的门，金属的吱吱声响起。推门和拉门虽然手感不同，却都和着节奏。我迅速地冲下楼梯，外出的罪恶感消失在了高跟鞋的声响中。

* * *

我用身体右侧抵着门全力去推，然后门就会以意想不到的气势打开。我借由这股气势，走到铺着地毯的走廊上，手从门上拿开后，门缓慢得令人担心却又坚定无声地关上，最后以缓慢优雅的声响告诉我，已经关好了。我走在没有鞋跟响声的走廊上，用中指关节按下位于两部电梯中间两个操控按钮中下面的那个。电梯开始向这层移动，发出竖起耳朵即可听见的声音。经过短暂的等待后，一个冷冰冰的机械提示音响起，它表示着电梯的到来。类似橡胶的缓冲材料一直铺到了电梯内部，因此高跟鞋不会发出声响。

我已经很久没有从家以外的地方去医院了。母亲搬来我家之前，她还能自己换内衣，缓缓起身使用房间里的卫生间。我有时会从美甲店或者餐厅出发。当我早上从家直接前往医院时，我总是在门发出的吱吱的声音里离开。

待对讲机两侧的双层自动玻璃门缓慢地逐一打开，踏上宽阔的水泥马路时，我发现裙子上不知怎么粘了许多狗毛，于是我停下来，用手拂去。出了娱乐街大约坐两站，抵达的车站西侧就是男招待的家。虽说我是乘出租车来的，但我认识这条路，而且对来时的路相当熟悉。以前我和母亲就住在这个车站的东侧。比起新公寓鳞次栉比的西侧，东侧的每一条路都很老旧，虽然勉强位于东京都的中心地区，但是除了房租便宜，没有其他特别之处。我所念的小学在东侧，中学则在西侧；和男人跑了的主妇朋友在东侧长大，她的丈夫则住在西侧的自购公寓里。

"你为什么住在那里？没觉得不方便？"

我在店里点了三次龙舌兰套餐，每个套餐里有五杯龙舌兰酒。当视线边缘开始模糊时，我这样问他。另外还有两个年轻的男招待也坐在旁边陪着喝龙舌兰酒，他们都没说什么，因此最后几乎只有我和专业男招待兼绘里的"顾问"一直在交谈。其间似乎有位客人进来并且指名了招待,但她大概在临近关门、我离开之前就走了。

"如果住得离店太近,就会变成这些人的聚集地点哦。"

男招待轻轻地指了指年轻的男招待们说道。一个年轻的男招待说自己曾经借宿过他之前的家,那里特别好,自己也想住在附近,不过男招待现在的房子他也去过……因此我失去了问他更多问题的兴致。我想问的不是他为什么住在远离酒吧街的地方,而是他为什么住在"那里"。

从主干道到车站的最短路程是转过一家大型超市的拐角,然后穿过一条两侧开着几家便利店和弹珠店的狭窄小巷。而我决定继续沿着主干道走,在十字路口转弯,跨过平交道口,再穿梭于车站东侧的繁忙街道中。我已经做好了要等很久平交道口的闸口才会打开的准备,但是当我看到闸口在眼前打开,仿佛在等我时,我几乎没有停留地向东步行而去。街道两侧,有些商店仍然和我的记忆中的一样，有些是新开的连锁店，有些则拉着卷帘门。

我继续往东走，看到一所小学，爬上一道坡后走一会就能到达母亲的家，母亲的物品大概还原封不动地在那里放着。而我右拐到一条与铁路线平行的狭窄小路上，向车站走去。我有母亲家的钥匙，但没带在身上。那个房子和我现在的家几乎一样大，一边是榻榻米，另一边是灰色地毯，没有什么特别之处，我就是在那里长大的。铺着地毯的房间里有母亲的书架和书桌，还有一个悬空的小阳台。榻榻米房间里有一个茶几，我在上面吃饭和做作业，晚上就把茶几靠在墙边，在榻榻米上铺开被褥。两个房间只隔着一扇拉门，所以空间丝毫没有浪费。有一个小厨房与榻榻米房间相连，另一侧就是玄关。虽然自动加热浴缸只有在寒冬才会蓄洗澡水，但是房间的采光很好。我儿时的记忆里总是有着明亮的阳光。

当母亲工作时，轻轻地拉上薄薄的拉门就可以把我和她隔开；当打开拉门时，两个房间几乎连为一体。我上小学之前，从未见过那扇拉门，可能是母亲把它移走放在了别的地方。我没有门禁，也从未像许多同学那样被强迫着考虑前途或者用功学习。那扇随时可以轻松拉开的薄薄的拉门逐渐不够用了，我和朋友们在外面度过的夜晚越来越多。母亲只是偶尔会对我的穿着有意见，当她发现我显然是在吸烟或在商店偷东西时，也没有太过惊讶或生气。然而，当我回忆起我们之间难得的对话时，我才知道她鄙视什么样的女人，讨厌什么样的金钱。

自从十七岁离家后，我几乎没再去过和母亲一起生活的家。因为我不曾有独占的空间，所以我想家具应该没什么变化，母亲一直独居在那里。不过拉门倒是可能被拆除了。

商店之间的间距越来越窄，刚刚拉着卷帘门的店铺纷纷开张，终于接近喧嚣的车站时，我看到左边的街角有一家熟悉的果蔬店。

店里生意很好，像极了商业街里的果蔬店，但他们售卖的是相当昂贵但俗气的用于送礼的水果，还有只用在中餐中的罕见蔬菜。一对貌似住在西侧的年轻夫妇穿着看上去像是今年购入的闪亮皮夹克，在店里物色。在我居住的娱乐街入口和最近的车站前各有一家果蔬店。娱乐街的果蔬店通过向年轻人出售水果串赚取暴利，车站前的那家则面向来百货公司购物的女性等中产阶级，主要出售切得整齐漂亮的水果和蛋糕。这家店与它们不同，很久以前就在这里了。

店里有一位瘦弱的中年女性，她总是坐在门口的椅子上，旁边还有一张小桌子。以前，她不苟言笑地坐在那里，把烟灰丢进桌上的烟灰缸里，不知是身体不适还是心情不好。现在她依然坐在那里，和我中学时代看到的她几乎没变化，只有年岁增长了。我看向桌子，上面没有了烟灰缸，不知是为了保护健康还是遵守条例，她正在用一个易拉罐似的东西做成的简易收银机数钱。她的腿上放着一本杂志，她本人不太打扮，但并不是没化妆，和我的记忆中完全一样。她没有做美甲，但眉毛是画过的。可能是身材纤细的缘故，她并不是完全没有性吸引力。

至少，对于在这里长大的我来说，她一直在这里，一直是位中年女性，而且一直很瘦。说到这一站，我最先想到的就是这家果蔬店，而说到这家店，我唯一能想起来的就是她。年幼的我从来不买昂贵的水果，而且母亲讨厌这家店。我发现在这里可以买到鲜榨的果汁。我在店里一边张望，一边犹豫是买榨好的果汁去医院还是买果冻和水果。这时，一个身穿西装的三十几岁的男人不知从哪里出现在我的斜后方翻找水果，他自信地大声说："妈妈，你能不能在这里放上和水果拼盘一样价格的其他水果？"她没有笑，而是指挥着店里的年轻店员去做，店员一边请教西装男，一边很快地组装好了盒子。

我什么都没有买，也没有发出任何声音，向车站走去，速度比我想象的要快。我小跑似的快走了几步，感觉大腿内侧有种不适，那里是男招待腰骨碰到的地方。我记得和他做爱了，但不记得他是否射了精。我在干净的深蓝色床单上为了忍住上涌的呕吐感而没能专心致志，因此没有到达高潮，但在那一刻，阴道的扩张让我感觉很好。他说没有和绘里做过。我没兴趣相信男招待说的话，但是我一直都这样觉得。

待我喝完龙舌兰酒时，已经过了最后的点单时间。服务员递给我的账单金额不到十万日元，没必要打开信封，我用钱包里的现金付了账，将信封沉放在包底。考虑到套餐价格，啤酒、烧酒、兑酒的茶和龙舌兰酒，以及这类场所莫名其妙混入的服务费和点名费，我觉得价格略有折扣，包括上次也是，不过也可能只是普通价格，折扣的金额微小到不足以提出疑问。或许是刚吸了鼻吸药的缘故，我醉得肩膀撞到了电梯门上，送我回家的男招待好像因此缺席了歇业后的会议。我忘记我们说了什么，可能以看狗为借口去了他家。当我在他家醒来时，没有感到疑虑或后悔，只是不知道为什么脑袋左侧很痛。

　　一阵急促的步行后,我很快到了站前。我很少使用IC卡,在包里找来找去也没找到。包底的信封里依然放着一捆纸币。早上我在他家洗澡时,他醒来,说要送我去车站,我拒绝了。接着在他洗澡的时候,我抱着一丝罪恶感确认了纸币是否还在。我在绘里家见过的那只狗正伸出薄薄的舌头,眼神发亮,充满期待地望着我的手提包。无奈之下我只好买了到母亲医院最近一站的电车票,时隔数月乘坐了电车。上一次坐电车还是去参加绘里葬礼的那天。

　　我猜想母亲已经尝不出果冻和果汁的味道了,可当我想到如果买了果汁,她兴许会高兴些的时候,我后悔了。我在果蔬店遇见的西装男明明不是中年女性的儿子,却毫无顾忌地喊她"妈妈",他的声音还留在我的耳朵里。母亲虽然讨厌那家店,不过她应该不会发现果汁来自那家店吧。我从小接受的教育不允许我对一个不是母亲的人称呼"妈妈",这个词意味着曾经孕育我身体的母亲，它意义重大。四月以前出生的母亲可能挨不到满五十四岁就会死去吧。如果不是这样，等我五十三岁的时候，我会为我那头发和皮肤都衰老得像个老太太一样可怜的母亲进行火化，她的皮肤、血液和肉体会在火中融化，但是骨头会留下来，牙齿也一定会留下来。

在地面运行的电车不经过离医院最近的车站，于是我决定步行十五分钟。我原本想坐出租车，但当我随着上午特有的人流移动的时候，我已经错过了站前的出租车停靠点。如果没有去医院，我永远不会在这个时候呼吸我居住地以外的空气。如今失去了早起的主妇朋友的我，想象不到会有什么事需要早起。母亲给了我健全的身体和让身体价值减半的伤疤，以及我在一个女人珍贵的二十多岁所剩无几的时光里行走于慵懒的空气中所浪费的时间。我的面前出现了几个认真生活的中年西装男、乌鸦、一辆给自动贩卖机补货的工作车，还有貌似被这辆车压瘪了的罐装咖啡——

让我看到这些不会产生任何感想的光景的人，正是我那病倒的母亲。

在医院大厅里完成了领取探视徽章的手续后——这件事不知重复过多少次，我进入了几部电梯中的一部，站在由数字按钮组成的面板前。在我之后进入电梯并迅速移动到电梯里侧的两名妇女用略带西部口音的浑厚声音对着我左手手腕上的文身提出了若干意见，我不知道她们认为我听得到还是听不到。

"明石家的儿子也有文身哦，明石的葬礼上他还带着孩子来参加了。"

"哦，是吗。"

这是最后的对话，然后她们就在七层走出了电梯。一个人拿着花，另一个人拿着某高档水果店的纸袋。

电梯再次启动，我的身体感觉像是被空气向下拉去，就这样直到电梯停在了母亲所在的楼层。熟识的护士正好站在电梯门口，我向她轻轻点了点头，为了避免被她仔细打量，我快速地向病房走去。不该出现在此的高跟鞋在走廊里发出了响声，这令我感到有些愉快。我在男招待家里洗了澡，但没洗头发。闻着医院里消毒水的气味，我头发上混杂着的酒精和香烟的气味令人作呕。不过，如果喷了香水，母亲就会恶心想吐，我和昨天一样有想吐的感觉，因此不想闻浓烈的香水味。

母亲病房的门是敞开的，从一位护士的背影看去，里面有很多人。我放慢了脚步，走到最前面的护士身边，摆弄提包故意发出声响，让她知道我在这里。母亲没有死，但是喉咙里发出了令人不适的声音，原来是医生在为她吸痰。母亲这回住院的第一天，我陪她坐出租车来医院时，负责跟我们面谈的医生就是他。

"虽然她呼吸困难不是因为喉咙有痰，但是她已经没有咳痰的体力也是事实，以后要定期吸痰。今后将由护士来负责。"

医生把一个类似吸引器的东西从母亲口中取出，

放在银色的托盘上,他看了看我的脸,低下头再次看着我说。我含糊地说了声"谢谢",感觉这时候道谢很奇怪,但又没有其他回应的话,我做出担心母亲而不停地探头看她的动作,医生看到后为我让出空间,身体退到了有水龙头的墙壁处。除了刚才看到背影的那位护士,还有一位在场。我虽然不想顶着一头臭烘烘的头发扎进密集的人群中,但如果不靠近母亲会显得奇怪,于是我走到母亲的枕头前,尽量站在远离医生的地方。母亲微笑着说:"医生帮我吸痰了。"然后又用清晰的语调向我倾诉,"因为我太难受了。"

"你累了吧?每天都来,一来就待上一整天。时间久了,家属的身体也会吃不消。晚上请好好休息。"

医生关心我的话语在我听来有些嘲讽,不过他的语气非常平和。接着他又说:"我能和您母亲稍微聊一下吗?"他以提问的方式说出了不容否定的话。

"我想您肯定很辛苦,特别是胸部附近,有些部位已经到达极限了。您有没有非常想做的事,或者以后想做的事之类的目标呢？说得再直白些，就是您还想努力活多久？"

"是。"母亲的回应听起来比在病房里只有我们俩的时候意识清醒多了，而且回应非常有她的风格。她说："我觉得不用太久。"

"具体多久呢？"

医生说话的语调有时就像儿科医生在哄发烧的孩子。他是个瘦弱的男人，鼻子下面蓄着胡须，如果在外面遇到，看起来不太像有钱人。

"我想和女儿说会话。还有，我想写点东西。"

"您的手还能动吗？"

听了医生的问题，母亲稍微抬了抬手，紧接着就放下来，短促地呼吸了几次。看起来这对她来说是一种负担。她的手里夹着一根头发，我看到后帮她摘掉了。她的脸上长满了汗毛，我想，要是在以前，她是会仔细地剃掉的。她的头发比搬到我家时少了一半，我感到不可思议，因为放射治疗和有副作用的药都已经停止了。她的发尖上繁殖着对生的绝望。

"您累了吧?这几天如果想到有什么想做的事,就尽量去做。如果需要帮助,就告诉您女儿或者我们,只要您说,我们就会全力以赴。"

拜医生自作主张的决定所赐,我也被划入了尽力帮助母亲的阵营中。在我的能力范围内,恐怕没有能为她做的事。

"是。"

母亲回应后闭上了眼睛。医生紧紧地盯着母亲的眼睛,过了一会他的身体向我靠近,最后看着我,轻轻地点了点头。我以为他要走,于是向门口走去送他离开。我走到看不见病床的位置,医生站在敞开的病房门口对我说:"可能快……深夜尽量保持电话畅通。可能是今晚,也可能是一周后。"护士们对我微笑后走到了走廊,仔细想来,我们母女俩竟然在这么干净、奢侈又宽敞的医院病房。虽然我不知道给我钱的那个男人以为母亲还能活多久,不过母亲身体的价格想必很高。因为她皮肤白皙,有着男人们都喜欢的身材。

医生离开之后,我走近母亲。她睁着眼,虽然没有看我,但是似乎想对我说些什么。母亲搬离我家后,我从未问过她"想喝苹果汁吗?""腰还疼吗?"这类具体问题以外的事情。

"你戒烟了?"

不知道为什么,意识清醒的母亲用略带沙哑但十分清晰的声音这样问我。我在回答"我会戒的"那一瞬间,后悔没在医院门口抽一支烟再进来。我需要在中午前抽一支。母亲也抽烟——至少在我离开和她一起生活的家之前,就是那些香烟烫伤了我。我和她都没有忘记这一点。

"戒了吧。"

母亲句尾的发音越来越清晰了。她的嘴唇非常干燥,我想在她午睡之后为她涂上润唇膏。如果她不介意脸上的汗毛,那就算了。窗外十分明亮,和我从男招待家走到马路上时一样,从这里也能看到令人不适的淡蓝色天空。

"不理解的事就别去理解。"母亲提高了音调说。

"欸？什么意思？"

"你只要理解你理解的事就好了。"

她说着似是而非的话，似乎在回答我的问题，又像是无视。她再次闭上眼睛，看起来好像在微笑。她闭着眼睛重复道："你只要理解你理解的事就好了。"接着就闭上了嘴。她的鼻子下面挂着输氧管。说到死亡，我的印象就是身体被各种各样的针和管子剥夺了自由，然而很久之前就被宣告死亡的母亲却没有被什么东西束缚。不知为何，我不想让谈话中断，待回过神来我已经开口了。

"谢谢。那个……你也不是那么讨厌我，对吧？"

我用询问的语气跟她说，没有升高句尾的语调。我从小就常常被她忽视，但从来没有被她抛弃或者锁起来。我不喜欢她写的诗。要说在一个狭小的房间里居住着两个女性是怎样的——其中一个还是孩子，那就是书包和各种印刷品都会散乱一地。我不认为那些无视赤裸裸的杂乱和生活感的诗是美的。我想，那些诗不该是一个在小型俱乐部当驻唱歌手、住在榻榻米房间的女人编织出的语言。然而，母亲描绘的世界似乎不是榻榻米的生活，她似乎只爱那些极其有限的东西——她在悬空阳台的狭小空间里种植的草药，窗外延伸的平凡街景在傍晚过后逐渐消失的黑暗。从我和母亲住的家里可以看见河流，虽然只有一点。当母亲写作的时候，按规矩我不能和她说话。当她茫然地眺望河流时，我不知道这是否算在她写作的时间里，因而最终我也没有和她说话。母亲不喜欢的不只果蔬店，还有她居住的街区和房间。

　　十几岁后，我开始害怕和母亲单独待在一起。起初，我还将被母亲烫伤的皮肤展示给朋友看，以此获取同情，自我离开家后，就再也没给别人看过了。在第一家酒吧工作的时候，我的文身还未完成，因此我才选择了那家穿西装而不是连衣裙接待客人的店。被烟头烫过的伤痕我勉强可以接受，但是手臂后面和肩膀上难以名状的疤痕让我感到羞耻，那是我从未在别人身上见过的形状。我十七岁时离开家，拖着不能被人看到的身体艰难度日。我那些混迹于本地的朋友大多和男人同居，或者花男人的钱生活。如果不是在酒吧工作的本地人前辈把房间转租给我，恐怕我就无家可归，或许会回到母亲的家吧。

  我在弹珠店和居酒屋都工作过，然而仍然迟迟无法搬出前辈的家。我以处女之身就职于酒吧，过了二十岁后完成了文身，除了用来遮盖烧伤疤痕的，还有其他几个。后来我有了第一次性生活。即便如此，我依然害怕触摸两只手臂后面凹凸不平的肿胀部位。在我的记忆中，母亲在把烟头按在我身上时的表情极狰狞，仿佛看不见周围似的暴躁无比。我觉得那不是愤怒。并不是冲我发火，却像是冲着什么拼命一般。我有时会在酒吧的员工室里想起那张脸。关于我在怎样的酒吧工作，母亲大约猜得到，总之我什么都没说。

"很快就不能说话了。"

我说罢,母亲睁开眼看着我,说"是吗?"又变回了麻药作用下的模糊的语气。

"你庆幸生下我吗?"

我似乎听见渐渐口齿不清的母亲嘀咕了这样一句。为了确认,我把它作为问题问了回去。

"庆幸生下你,你的爸爸也是这么说的。"

这是母亲第一次这样称呼我死去的父亲。

* * *

出租车停在了大楼前,我跟跄着走到车外,天空已经过了黎明,向着清晨变化。冬日冷冽的空气讲述着月亮的轮回。皮夹克的下摆很短,我的腰感到冰冷。我心想,应该戴上围巾的。

我绕到大楼后面,打开停车场尽头沉重的门,从旁边的内部楼梯爬上三楼。本该沉重的脚步比想象中要轻快得多，我登上一个又一个台阶，高跟鞋鞋跟发出了沉闷的声响。到了三楼，我用身体撞开通向走廊的沉重的门，听到了吱吱的金属声。每一个夜晚，我都在这扇门关闭之前把钥匙插入门锁，向左转动后走进房间。可是我现在两手拎着东西，无法这样做。我站在那里，特意不慌不忙地观察门缓慢地关上，直到门完全关好之后发出声响。这是我第一次在近处有意识地聆听这个声音。我放下一只手里的东西，打开手提包取出钥匙，这回我又听到了自己家的门锁中插入钥匙并向左转动的开锁声。我一直生活在金属的吱吱声和钥匙转动的节奏中。现在听到了许多之前没听过的声音，这些声音并没有带给我任何不快。

  我再次提起地板上的东西，走进玄关后放在房间里。我用手将酸痛浮肿的脚从高跟鞋里拔出，把鞋子随意地丢在玄关处，再在另一只脚上重复这个动作，之后背着手提包直接向洗手间走去。镜子里的脸很疲惫，但皮肤状况不错。我大约已经有二十个小时没有吃东西了，此时身体处于饥饿状态。我用洗手液洗了手，用前一天早上用过的浴巾擦了擦，然后拿着手里的东西在矮桌前坐下。

我点上烟，吞吐着烟雾，突然头晕了一下。我拧开放在桌上未开封的塑料瓶瓶盖，把茶水送到喉咙深处。我的腰冷极了，而且持续着钝痛。

在男招待家过夜的第二天，我从医院回家后，月经来了。做爱之后，生理期通常会如期而至。第一天和第二天经血量大，痛经严重，但到了第四天——今天，只有小腹和腰部不时地疼痛。在二十岁之前，我还以为是月经不调。过了一段时间后，我每个月至少进行一次性生活，之后的生理期就基本上有规律了。绘里死后，我没跟任何人做过，包括客人，因此恐怕是男招待让我的身体匆忙地产生了反应。

我一只手拿着几个纸袋和母亲用过的两只提包，把它们暂且放在身边，吸了一支烟。牙刷和杯子立即扔了也无妨。关于那个可以看见河流的房子，我必须得去清扫和办理退房手续。不过，需要保存和放入灵柩的东西恐怕屈指可数。以母亲的性格，是不会保存无用之物的。纸袋里放着几天前医院的专属按摩师来母亲病房时送给我的一小束花，我还带回了记忆中母亲外出时随身携带的工作用包。

　　昨天，病房里的母亲没有睡觉。我通常在她睡着后才会离开病房，回到自己家，如果她不睡，我是不会离开病房的。她已经完全不能说话了，血压和体温也降低了，呼吸声很重，偶尔还会发出可怕的声音。医生们偶尔会进来测量血压等，然后告诉我一串没有人情味的冷冰冰的数字，说完"还会再来"后便离开病房。其间只有护士会来，一次是为了吸痰，其他时候都只是来看看。大家都在等待着死亡。

　　我握着她的手，她回应了我。她从未像这样直勾勾地看着我，我听到了她断断续续的短促气息，但仅凭这样，我不知道她想诉说什么。我松开手，她的呼吸声就会更大，因此我几乎一直握着她的手。她呼吸的间隔越来越长，护士几乎守在病房门口张望和等待。反正母亲也不会说什么机密的事情，我想，护士就算进来也无妨。母亲深深地呼出了一口气，然后停了下来。护士走进来，正想对我说些什么，这时母亲又深深吸了一口气。她最后呼吸停止的时刻，我被护士的话转移了注意力，没能看到她的脸。待我移回视线，看了她一会，她的脸色和表情已明显地变成了死人。

我憋着快要忍耐到极限的尿意，听着护士确认死亡。就在护士为她擦拭身体时，我去了走廊的卫生间，而不是房间里的。我走进厕所的瞬间因为着急而没能看到镜子里的自己，待我小便完走出来，才发现我的眼睛就像在夜总会嚼了一整片没有掰开的致幻剂时一样睁得很大。我在医院没有吃药，出门前也只喝了营养饮料，我想，可能是母亲用来止痛的麻醉药被我的身体吸收了。我的脸色看起来很糟糕。

我回到家时，镜子里的脸看起来稍微好了一些。虽然眼睛仍然睁大得有些夸张，但眼睑不自然的凹陷已经消失。母亲最后一次住院期间,可能一次都没打开过她的提包。我发现拉链变硬了,于是使劲向两侧拉,结果除了一开始的卡顿,它比我想象中要顺滑得多。包里放着笔记本、笔、几本书、笔记本电脑和充电插座,电脑似乎需要充一会电才能开机。

打开拉链最先看到的是一本不算旧的笔记本。从第一页的日期可以知道,母亲是在得知病危后开始使用的。有的地方字迹很乱,但也有很多地方可以顺畅地阅读。在没有任何线条或格子的空白页面上,每一页的文字都不多,一般由几行笔记组成。有些地方有标题,可能是某一首诗歌或者歌词,虽然它们大都很短。有很多内容看上去既像母亲写的,又不像母亲写的。有些地方还绘有小小的图画,最引人注意的是猫。而母亲和我都没有养过猫。

我翻动着书页,对上面的日期感到微微惊讶。有许多是母亲住在我家时写的,尽管那时的她虚弱到只能完成在被褥上小憩、吃一小口东西和走去厕所的动作。她说在医院的病床上无法完成最后的诗，于是来到了我家。然而，就在她搬到我家后，已经没有体力去做维持生命体征以外的活动了。或许是这个时刻比我想象中更快地来临，或许是她从一开始就没打算写诗，而是想和我一起生活几天——我不知道是哪一种，但应该是其中之一。我不知道她是不是真心想写诗，但最终她没有完成就去世了。

临近我送她去医院的日期，有一页上面有一个标题，是用片假名写的"门"字。

夜将要降临。

可以吗？

中间隔了几行空白，下面继续写有三行字。我一边阅读，一边反复摩挲着双臂的后面。我一直都很介意的凹凸现在用指腹触摸却突然摸不到了，仿佛那里既没有了肿胀，也没有了凹陷。就算我触摸那里的皮肤，想象着火苗发出燃烧的微响，也不会像以前那样疼痛了。

　　门砰的一声关上。

　　门关上时，不需要解释。

　　如果可以，请安静地把它关上。

图书在版编目（CIP）数据

资优 / (日) 铃木凉美著 ; 连子心译 . -- 北京：中国友谊出版公司, 2023.11
ISBN 978-7-5057-5716-5

Ⅰ.①资… Ⅱ.①铃… ②连… Ⅲ.①中篇小说－日本－现代 Ⅳ.① I313.45

中国国家版本馆 CIP 数据核字 (2023) 第 172662 号

著作权合同登记号　图字：01-2023-5214

GIFTED by SUZUKI Suzumi
Copyright © 2022 SUZUKI Suzumi
All rights reserved.
Original Japanese edition published by Bungeishunju Ltd., Japan in 2022.
Chinese (in simplified character only) translation rights in PRC reserved by Beijing Xiron Culture Group Co., Ltd., under the license granted by SUZUKI Suzumi, Japan arranged with Bungeishunju Ltd., Japan through BARDON CHINESE CREATIVE AGENCY LIMITED, Hong Kong.

书名	资优
作者	[日] 铃木凉美
译者	连子心
出版	中国友谊出版公司
发行	中国友谊出版公司
经销	新华书店
印刷	北京世纪恒宇印刷有限公司
规格	787 毫米 ×1092 毫米　32 开 3.5 印张　45 千字
版次	2023 年 11 月第 1 版
印次	2023 年 11 月第 1 次印刷
书号	ISBN 978-7-5057-5716-5
定价	52.80 元
地址	北京市朝阳区西坝河南里 17 号楼
邮编	100028
电话	（010）64678009